象厂喜剧

村上春树 著

安西水丸 画

林少华 译

上海译文出版社

目录

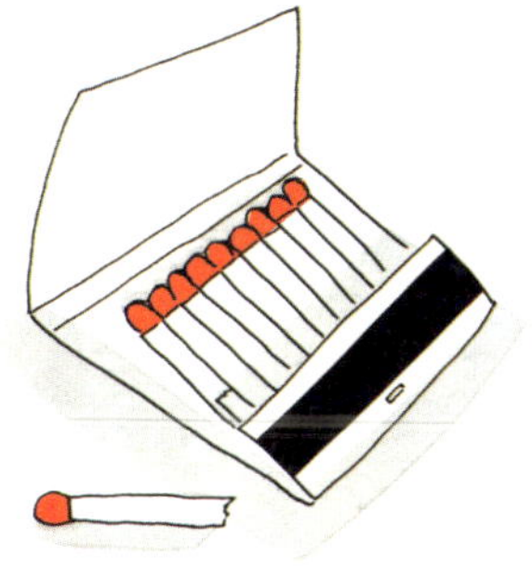

LION &
PELICAN

象工場の
ハッピーエンド

CHICAGO

PROOF

AIR RAIL

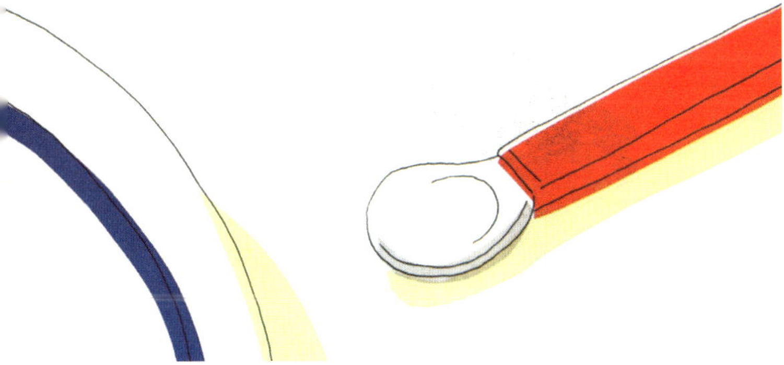

卡德萨克酒广告词

卡德萨克，

卡德萨克——

反复口诵之间，

忽然觉得，

它已不再是卡德萨克，

不再是装在绿瓶里的

英国威士忌。

它已失去实体，

仅仅是原来卡德萨克这个词儿的

宛如梦之尾巴的余音。

把冰块投进余音，

喝起来格外香津津。

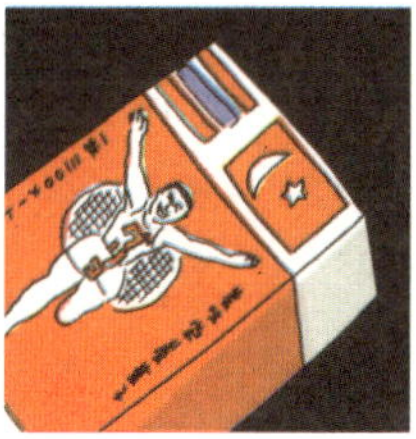

PLA
Co
PEA

圣诞节

有生以来第一次买组合音响时，随机带有平·克劳斯贝的圣诞唱片。就是说，时令已是圣诞节了。毕竟夏天买音响不至于附带什么平·克劳斯贝的圣诞唱片。

唱片是小尺寸的，里面四首歌：《白色的圣诞节》、《铃儿响叮当》、《圣母马利亚赞歌》和《神圣今宵》。只

要有这些，就足可过上一个相当像样的圣诞节了。终究是二十几年前的事了，圣诞歌有四首足矣。何况是平·克劳斯贝唱的，还有什么不满足的呢！

1960 年 12 月，我们非常单纯非常幸福，非常中产阶级，而且平·克劳斯贝左一遍右一遍右一遍左一遍地唱着《白色的圣诞节》。

Distilled and Bottled
SCOTS WHISK
BERRY

NY
KING EDWARD
CIGARS

某种咖啡喝法

那天下午，音箱淌出温顿·凯里的钢琴曲。女侍应生把白色的咖啡杯放在我面前。杯厚墩墩沉甸甸的，与桌面接触时发出“咔嗒”一声惬意的声响。那声响久久留在我的耳底，就好像落入游泳池底的小石子。我16岁，外面细雨霏霏。

那是座海滨城市，南风总带着一

股海潮气息。观光船一天里要在港湾转好几次，我不知有多少回坐着它看大型客轮，看船坞，百看不厌。即使是雨天，我们也落汤鸡似的立在甲板不动。港口附近有一间小小的咖啡屋，小得除了咖啡调制台外连一张桌子也没有，嵌在天花板里的音箱流淌着爵士乐。每次闭上眼睛，都觉得自己好像成了被关在漆黑漆黑的房间里的小孩子。房间里总有咖啡杯令人眷恋的温煦，总有少女们撩人情思的芳香。

如今我想道，自己真正中意的，较之咖啡味道本身，恐怕更是有咖啡的场景。我眼前竖着一面青春期特有的光闪闪的镜

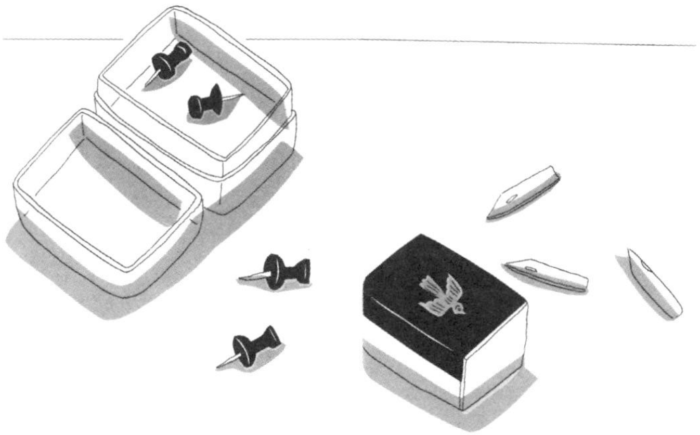

BRANDY

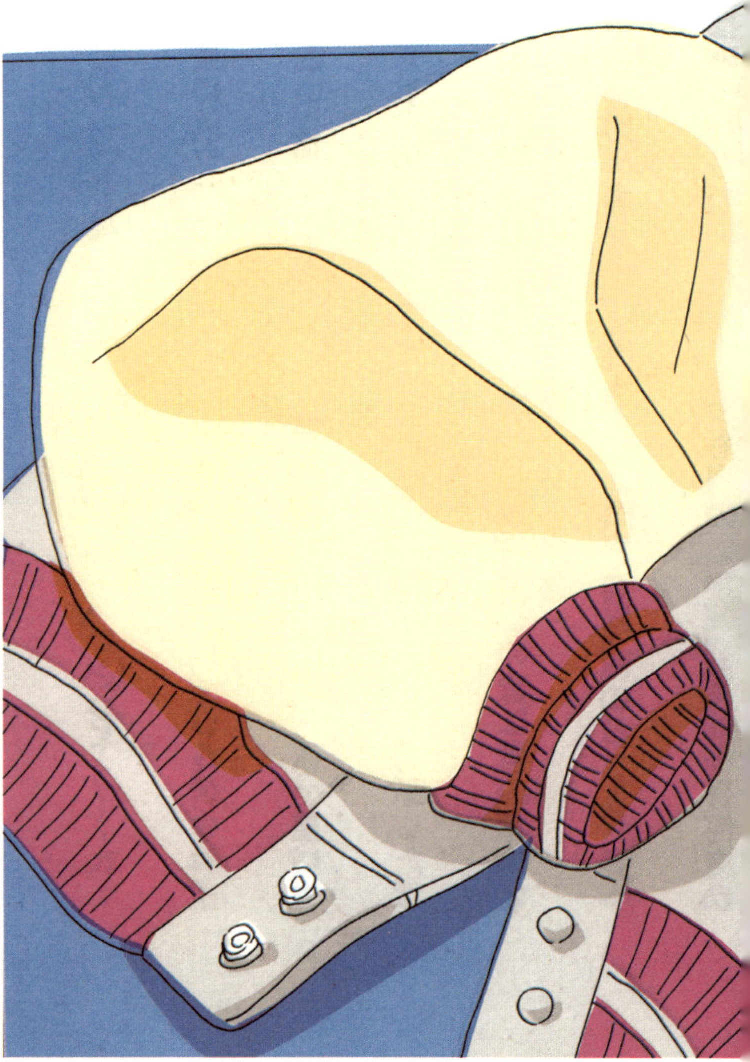

A REGISTERED
TERMAN'S
AWARD

THE P
SAFETY M

子，里面清晰地映出自己喝咖啡的样子，我身后是切成四方形的小小的背景。咖啡如黑夜一样黑，如爵士乐旋律一样温暖。每当我将这小小的世界喝干时，背景便为我祝福。

那同时也是一幅不为人知的纪念照。照片上一个少年在那座小城里长大成人。喏，他右手轻轻托着咖啡杯，收起下颏，蛮自然地笑着……好咧，咔嚓。

人生的问题，有时可以归结为一杯咖啡带来的温暖——理查德·布罗提根①在哪里这样写过。专门写咖啡的文字里，我最中意这句。

---

① Richa DI Borautigan，20世纪60年代深受“垮掉的一代”影响的美国小说家。

读约翰·厄普代克的最佳场所

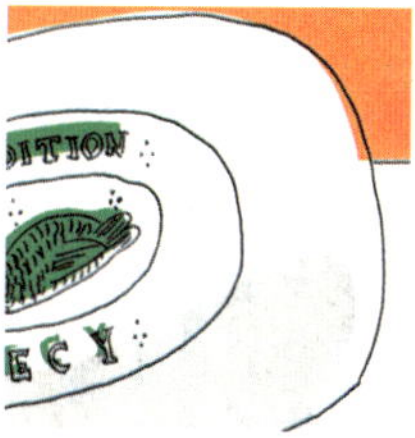

春天一来我就想起约翰·厄普代克，而一读约翰·厄普代克我就想起1968年的春天。我们的头脑中存在着若干条这样的锁链。事情尽管微不足道，然而我们的人生和世界观难道不就是由这种微不足道的小事支撑着的吗？我觉得。

来东京上大学是1968年的春天。

我懒得带大件行李，必要物品提前寄了，只把香烟和约翰·厄普代克的《音乐学校》往风衣袋里一揣就走出家门。书大约是班顿·戴尔出版的简装本，封皮纸很好，洁净素朴，古色古香。同女朋友吃罢饭，道了声再见，然后乘上新干线。

怀揣一本厄普代克进京，如今想来未免有点玩“酷”，不过当时也还行。傍晚车到东京，赶到目白的新房间一看，不知何故，本该到的行李却没到。既没有替换衣服，又没有洗漱用具没有烟灰缸没有咖啡杯没有水壶，凄惨至极。玩“酷”必然受挫。

房间空空荡荡，唯有一张简单得无以复加的桌子（仅一个

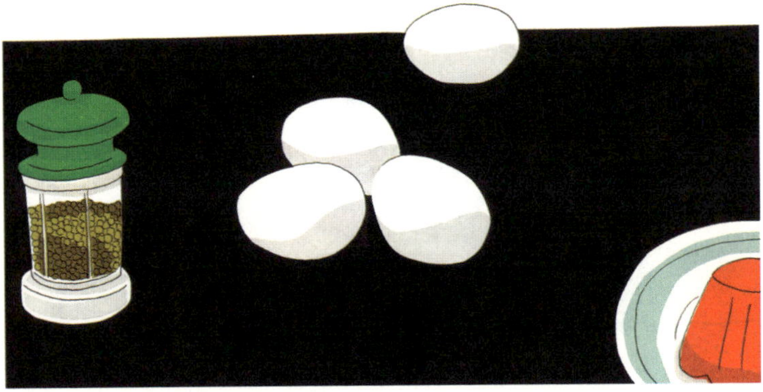

抽屉）和一架朴素得无与伦比的铁床。铁床上有一张一看就令人心情沉重的床垫，往上一坐，硬得竟同一星期前买的法国面包无异。

一个阴乎乎的静静的春日黄昏。打开窗子，远处传来广播声。放的唱片是“铁蝴蝶”的《在天堂的花园里》。尽管时间过去了十四年之久，那歌声却记得那般真切。

当下没有任何事要做，也没心思做。无奈，便去近处一家糕点铺买来可口可乐（当然是瓶装的，想象一下瓶子好了）和饼干，之后歪倒在硬邦邦的床垫上接着看厄普代克。天一点点黑下来，房间变暗，打开天花板上的荧光灯，荧光管“吱吱”地嘶叫不止。

八点半看完厄普代克时，可口可乐瓶底积了五厘米高的烟头。我把书放在枕边，望了一个小时天花板。在这座巨大的城市里，我没有被褥没有刮须刀没有该打电话的对象没有该去的场所，被孤零零地扔在一边。不过心情并不坏。

假如有人问我哪里是看书的最佳场所，我只能回答是“1968年4月那个空荡荡的房间的硬床垫”。书页的每一行都能缓缓渗

AND ONCE AGAIN THE FLASH IS ON HIS WAY WISH THE SPPED OF
FOES!

LIMITED COLLECTORS' EDITION
JOHNY SCORN

入肺腑的场所——那便是我的“书斋”。埃姆斯休闲椅[1]也好莫比利亚台灯也好阿肯色音箱也好统统不坏，但那是另一回事。读约翰·厄普代克有读约翰·厄普代克的场所，读邓巴有读邓巴的场所——世界上肯定存在那样的场所，我觉得。

“动身去哈佛前两天的晚上，他夺去了她的第一次。她哭了。他也不知为什么变得浑身瘫软，觉得自己干了一桩蠢事。他本身也失去了童贞。奥逊脑袋是清醒的。唯其清醒，他才认识到自己有许多东西要学也愿意学——若事情不超出一定限度。哈佛大学不知加工处理了几千名这样的青年并将其送上社会，而他们所受到的损伤是肉眼几乎无法看出的。”

——约翰·厄普代克《同屋的基督教徒》(短篇集《音乐学校》，须山静夫译)

① Eames，美国人埃姆斯设计的一种胶合板或塑料椅。

FUN, FUN, FUN[1]

她跟爸爸说去图书馆

借得车便只管游玩

收音机狂喊乱叫

速度如风似电

冲过麦当劳餐馆

一路呼啸向前

玩得天晕地转直到父亲把“雷鸟”[2]索还

这是“沙滩男孩”1964年走红的歌曲《好玩、好玩、好玩》中的歌词。“沙滩男孩”几首走红歌曲里边我也最喜欢这首。节奏和旋律绝对完美，歌词精彩至极，光听歌词眼前都会倏地涌出那番光景。坐在1964年型号的流线型红色“雷鸟”车上的马尾辫女孩——谎称去图书馆——借得父亲的车而得意洋洋四处

① 意为“好玩，好玩，好玩”。
② 美国福特公司生产的一种轿车。

炫耀，女伴们全都目瞪口呆地盯着她，男孩们飞身上车开始一路狂奔。但大家都制服不了“雷鸟”。不久女孩父亲发现了，车被收了回去。女孩大失所望，可是对于“我”，这样倒正中下怀。就是说——

别那么灰心丧气
来吧，和我在一起
即使没了“雷鸟”
我们也能欢欢喜喜

1964年的“雷鸟”女孩如今也该三十五六了。她现在到底在做什么呢？或许在上简·方达培训学校，也可能住在《E. T.》[1]中出现的那种新兴住宅区里听巴利·马尼劳。时至今日，我仍然时不时想起那个开红色“雷鸟”的女孩。

---

① The Extra Terrestrial之略，意为“外星人”，此处指斯皮尔伯格导演的同名影片。

自来水笔

自来水笔店位于老商业街的正中，同主街相隔两条小巷，正面两扇玻璃门，没挂招牌，只在门牌旁边小小地写着“自来水笔店”字样。玻璃门吻合程度极差，看样子从打开到真正关严，起码要一个星期。

当然要有介绍信，花时间且花钱，但笔做得恰到好处，梦一样——朋友这样说道。于是我跑来了。

店主六十光景，形象如密林深处一只巨鸟。

“伸出手来！”鸟开口道。

他一根根地测量我手指的长短粗细，确认皮肤的油性，用衣针刺探指甲硬度，又把我手上形形色色的伤疤记录在册。如此看来，手上伤疤确乎不在少数。

“脱下衣服！”他言词简洁。

我一头雾水，但也只好脱去衬衫。刚要脱裤子，店主慌忙

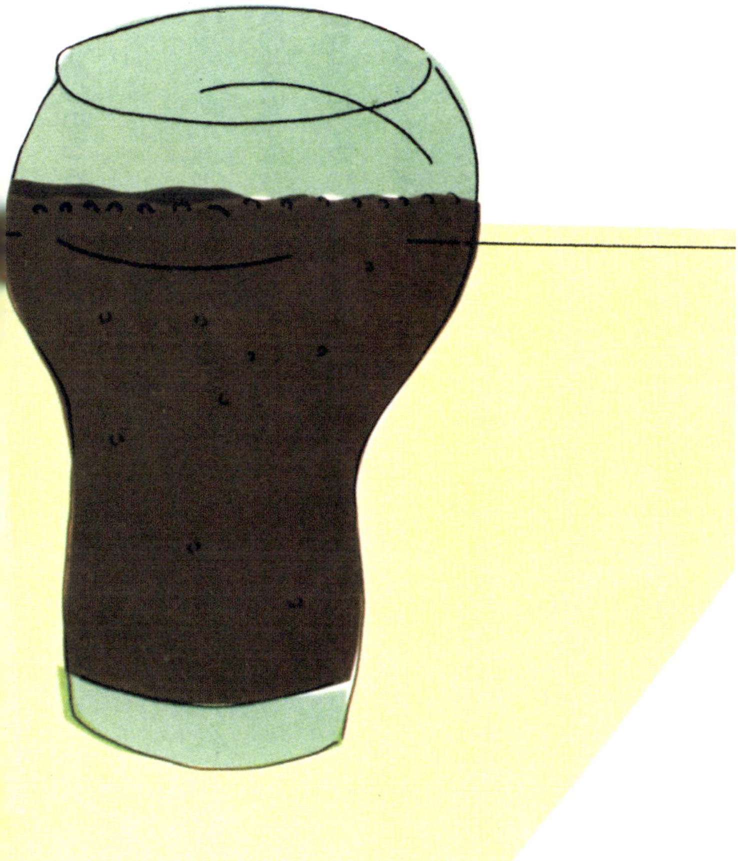

制止："啊，只上身即可。"

他转到我背后，由上而下用手指按我的脊椎骨。"人这东西啊，是用一节一节脊椎骨想东西、写东西的，"他说，"所以，我只能依照人的脊椎骨做自来水笔。"

接下去，他又问了我的年龄，问了出生年月，问了每月收入。最后问打算用这自来水笔写什么。

三个月后，自来水笔出来了。果真恰到好处，同身体正相吻合，梦一样。不过，我当然写不出梦一样的文章。如果是在那种肯卖给我同身体梦一样正相吻合的文章的店铺，我就算脱掉裤子怕也无济于事。

意大利面条工厂的秘密

他们管我的书房叫做意大利面条工厂。“他们”指的是羊男和双胞胎美少女[①]。

意面工厂这个说法没什么大不了的含义，无非调汤温、撒盐末、定时间这个程度罢了。

我一动笔写稿，羊男便呼扇着耳朵凑上前来：

AIR MAIL

POST CARD

“喂喂，我们可不大中意你那文章哟！”

“是吗，”我应道。

“总好像故弄玄虚，没有根基。”

“哦？”毕竟我也写得够辛苦的。

“盐稍多了点儿。”双胞胎中的208发言。

“得返工！”209建议。

“我们也可以帮忙。”羊男道。

不不，可以了！若让羊男帮起忙来，势必全部报销。

“你拿啤酒来！”我吩咐208。又命令209：“你削好三支铅笔！”

209用水果刀吭哧吭哧地削铅笔的时间里，我自管喝着啤酒。羊男则嚼干蚕豆。

三支铅笔一一削尖后，我“啪”地拍一下手把三人一齐逐出书房：“工作了，工作了！”

---

① 均为村上春树其他小说中的人物。羊男见《寻羊冒险记》等，双胞胎少女208、209见《1973年的弹子球》等。

我写稿的时间里，他们在院子里手拉手唱歌，唱道：

我们的故乡在阿登

时节不早也不晚

到处小麦黄晶晶

春日的阳光泻在他们头顶上，好一幅如诗如画的场景。

我的名字叫阿切尔

罗斯·麦克唐纳[1]死了。

由于罗斯·麦克唐纳的死，一个潮流终止了，我想。不过对于作家来说，死或许是枚勋章，也可能相反。

老实说，罗斯·麦克唐纳晚年的作品在日本似乎没得到多高的评价。《地下的男人》登峰造极，而其后的几本书，多数人认为全都大同小异。

故事的舞台总是潮乎乎的了无生气，而且大多是恋母情结方面的。侦探刘·阿切尔随着年龄的增长而变得邋邋遢遢，又没有什么风光无限的演技，幽默感同坎德拉相比也好像干巴巴的。这么着，人们的目光开始从罗斯·麦克唐纳身上转向风头正劲的年轻的新冷峻派旗手。此外也有雷蒙德·钱德勒[2]这位年长作家影

① Ross Macdonald(1915—1983)，原名肯尼思·米拉(Ken Millar)，加利福尼亚出生，久居加拿大。1944年以本名发表第一部作品《黑暗隧道》(The Dark Tunnel)。进入20世纪50年代，相继出版了以私家侦探刘·阿切尔 (Lew Archer) 为主人公，以南加州为背景的系列侦探故事集。

② Raymond Chandler(1888—1959)，美国硬汉侦探小说家。

VOICE
A 10-POINT PLAN FOR REBUILDING THE YANKEES (P.25)
Singing for
Aparthei
American Artist
in South Africa

响太大的原因。

对于罗斯·麦克唐纳的刘·阿切尔故事，我是从头喜欢到尾巴尖。罗斯·麦克唐纳小说的优点在于其腼腆与执着，当然缺点亦在其中。但优点也罢缺点也罢，反正我就是喜欢罗斯·麦克唐纳的小说。

我有生以来第一次买的英文平装书里边，有一本就是这位罗斯先生的短篇集《我的名字叫阿切尔》。很久以前的事了。那时我才 17 岁，正对霍利斯·西尔瓦的唱片如醉如痴，就一边听霍利斯·西尔瓦，一边拼命看《我的名字叫阿切尔》。

杰克·斯麦特导演的不朽名作《移动的靶子》的公映也在那时候，我再三再四看个没完。电影中，保罗·纽曼扮演的刘·阿切尔叫刘·哈帕。为什么不叫阿切尔而叫哈帕呢？原因在于因《哈斯拉》、《哈德》而声名鹊起的保罗·纽曼希望继续“H……”系列。于是，这部华纳影片的名字就成了“HAPPER”。说心血来潮也是心血来潮，但不管怎么说，那时的保罗·纽曼的确演得好。

《移动的靶子》的原作诚然一气呵成，不愧为罗斯·麦克唐纳早期的上乘之作,但我更对中期的《条纹灵车》和《加尔顿事件》情有独钟。翻开任何一页，上面都以内敛的笔触将人生的艰难与无奈写得入木三分。感觉上似乎每个出场人物都戴着一顶黑乎乎的帽子，都各自在不幸的道路上匐匍前行。没有人能得到幸福，却又人人都行走不止，也必须行走不止——罗斯·麦克唐纳仿佛在这样不断地呼喊。

“人们都说加利福尼亚没有四季更迭，纯属无稽之谈。”他在一本小说中写道,“不过是人们麻木不仁、觉察不到罢了。

我由衷地悼念罗斯·麦克唐纳的死。

A DAY IN THE LIFE ①

我正在等公共汽车准备上早班，一位不相识的阿姨走过来问我莫不是要去象厂。是的，我说。我是在象厂上班。

阿姨直盯盯地打量我的脸我的个头我的鞋我的皮包——打量了好一阵子。同时间里，我也打量这位阿姨。阿姨四十或五十光景，衣着还算整洁利落。戴一顶前面带檐的棒球帽样的帽子，架一副假象牙红边眼镜，身上一件粗粗拉拉的茶色连衣裙，脚蹬一双白色网球鞋。“你怎么晓得我要去象厂呢？”我向阿姨问道。我两个星期前刚搬来，在象厂做工的事还没告诉任何人——她何以晓得呢？甚是不可思议。

“还用说，我当然晓得啦！”阿姨一副无所不晓的神气，“在

① 意为“生命中的一天”。

SAIL
regular
DUTCH BLEND
SAIL
PIPE TOBACCO
EXTRA MILD CAVENDISH
SWEET AS A NUT
THEODORUS NIEMEYER LTD
HOLLAND

POWELL & MANSON Sts
514
MUNICIPAL RAILWAY

BRANDY
make sure it's
MARTELL

象厂工作的人都有那么一种感觉渗出来，不是么？”

“倒也是。”我说。我并未因此觉得不快。在这个地方，在象厂工作还是小瞧不得的。并非任何人都能在象厂工作。

接着我和阿姨聊了起来，聊象厂聊选举。车来之后，由于我和阿姨去向不同，便互道一声“再见”，分别乘上不同的公共汽车。阿姨的眼镜对着早晨的太阳明晃晃地一闪。

下得公共汽车，周围一如往日，熙熙攘攘全是赶往象厂的职工，人人手提一个装饭盒的纸袋。有几个人向我扬手或注目致意，但没有一个人开口。想到这一天要制做大象直到傍晚，大家全都绷紧神经，无法顺利开口。

我们沿着河畔柏油路朝象厂默默走去。路是徐缓的坡路，路旁点点处处开着百日红花。下个月该丹桂四处飘香了，而此刻四周却充满了职工们的脚步声和“咔嗒咔嗒”的饭盒声。

在工厂门口，门卫一张张查验我们的工作卡。门卫其实都记得我们的长相，可他仍一丝不苟地一张张细看工作卡。象厂这地方非常看重秩序这个劳什子。

“可以了。”说着，门卫把卡还给我。“加油干！”他说。

“谢谢。”我应道。

之后我去更衣室穿工作服、戴帽。我的帽子有两条绿线，这是在此工作五年的标记。离开更衣室，一跨进最终工序车间，象们——只要装上牙即告诞生的大象们拼命嘶叫的声音立即传来耳畔。

如此这般，象厂的一天开始了。

双胞胎镇的双胞胎大会

很早以前我就对双胞胎兴味盎然，同双胞胎女孩约会——哪怕一次也好——是我多年的美梦。心想若是两边各有一个长得一模一样的女孩，很多事情都将变得乐不可支——不是这样么？美国克利夫兰市郊有个叫双胞胎镇 (Twinsville) 的镇。镇的基础是1812 年由双胞胎兄弟莫塞斯和阿劳莫定的。据镇史记载，这两人像得出奇，娶妻生子后也一直住在同一地方，得同一种病，死的时间也仅仅相差几个小时。镇子如此命名便是为了纪念这两人。

话说回来。双胞胎镇上年年举行双胞胎大会，今年也有数百人从二十八个州来到此镇相聚。大会的正式宗旨是“通过双胞胎之间的相会来分担双胞胎特有的问题和情感”，但实际上只是大家凑在一起吵吵嚷嚷嬉闹一番罢了。倒也搞什么演员评选

7UP

CLIFTON'S CAFETERIA

EW YORK
TOKYO

之类，但无须说，大多是二重唱。

大会也有双双胞胎参加。所谓双双胞胎，是指由双胞胎和双胞胎结婚组成的家庭。于是，有意于此的双胞胎们也来赴会。说到底就是双胞胎找双胞胎配对，这自然令人兴奋。“你要那个，我来这个！”大约如此商量好后，便向对方打招呼。可是，到底谁得哪个，决定起来有什么根据呢？我是全然摸不着头脑。不过，反正这才是所谓地道的双双约会。

两天大会期间，双胞胎镇名副其实成了双胞胎天下。而这样一来，裹在双胞胎镇里的“非双胞胎”难免对自己的不是双胞胎感到困惑不堪。“哎呀，就好像自己的一半跑去哪里不见了似的”——“非双胞胎氏”感慨道。

日前看报纸，有报道说一对双胞胎无赖向变卖家产的人勒索现金。这双胞胎无赖也端的非同小可。

我的SNEAKER故事

SNEAKER这个名称不正确。SNEAKER意思是“卑鄙的人”，正确说法是SNEAKERS。不过这怎么都无所谓。

SNEAK是“悄悄、偷偷行走”之意。的确，穿上SNEAKER就能悄声走路。最初发明这胶底鞋的人肯定给朋友和家人大大数落过一番：“怎

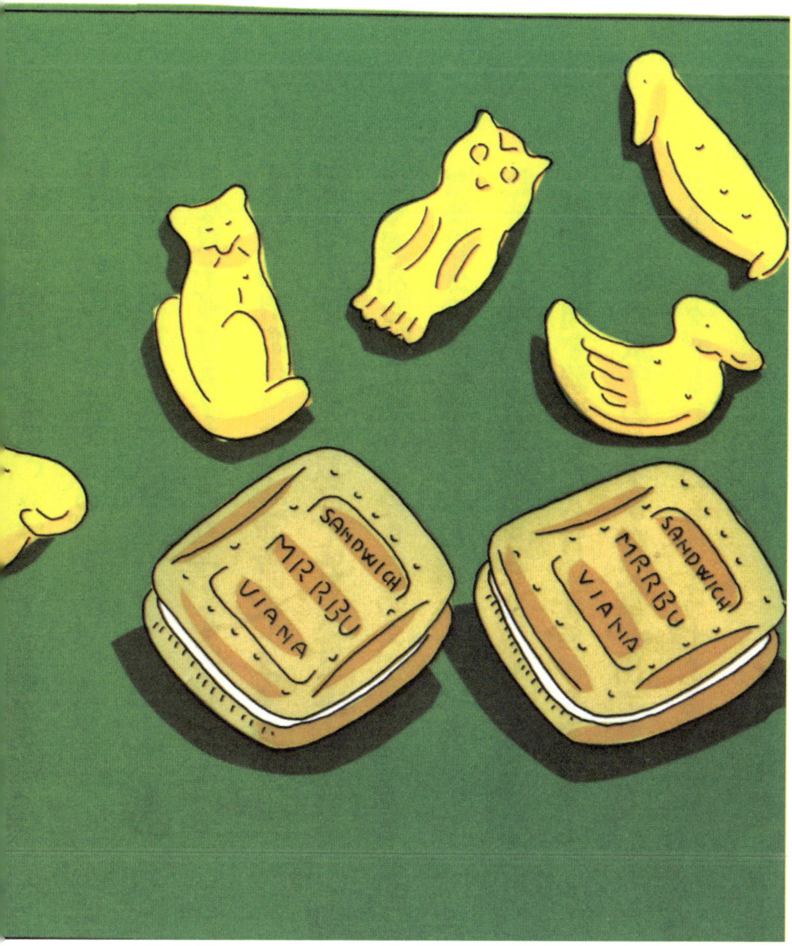
SANDWICH
MRRBU
VIANA
SANDWICH
MRRBU
VIANA

么搞、怎么搞的，原来是你！偷偷摸摸从后面过来岂不吓人一跳！”“喂喂，你就别再穿那新鞋了！弄得我心里怪别扭的，盘子都打三个了。”

但发明胶底鞋的人突然觉得好玩得不行，没准弄出了很多鬼名堂，想像起来都十分好笑。细查之下，原来胶底鞋是波士顿一个叫詹姆斯·P·布雷德利的马具店老板在 1872 年发明的，至于布雷德利其人的为人则无从查证，太太打盘子以及被亲朋数落的记载也没有。爱迪生和莱特兄弟均有详细传记，而对胶

底鞋发明者的评价却如此之低，我认为这有失公允。

这个姑且不论。说起来布雷德利倒似乎是个相当奇特的人物。他最初发明的是胶底马掌，因此挨了市政当局十三美元的罚款。这是因为，钉上胶底马掌的马走起路来悄无声息，竟将走在前头的老妇人的脖梗“呱嗒”舔了一舌头。老妇人晕倒在地，布雷德利被警察带走，罚了款，胶底马掌敲掉作废。

然而布雷德利仍不屈不挠地继续研究胶底马掌，终于被讨伐印第安人的军队采用了，目的是为了让骑兵偷偷摸摸绕到印第安人背后，但似乎没取得什么响当当的战果。波士顿老夫人同塞米诺族战士毕竟两码事。

接着，1892 年布雷德利脑袋来了个哥白尼式、冈本太郎[①]式的转弯——既然马掌可用胶底，那么人们的鞋底不也可以用胶底吗？这么着，“布雷德利式胶底鞋”诞生了。

“布雷德利式胶底鞋”不知何时被叫成了 SNEAKERS。叫法充满恶意。由此看来，保守稳重的波士顿市民对于布雷德利

---

① 日本油画家（1911— ）。

的这项发明实在忍无可忍。

星转斗移，1982 年。

我可是最最喜欢胶底鞋，一年里有三百五十天穿它度日。鞋的样式也五花八门：硬底的、浅口的、带篮球明星像的、红的、绿的、白的、左右不对称的……穿着胶底鞋在街上走，觉得上年纪根本不足为惧。

我时常心想，胶底鞋是什么人发明的呢？想来想去，便说了上面的谎。统统胡扯，抱歉抱歉。

镜中的火烧云

看孩子睡了，我们（我们当然是我和狗）走出小屋。我原本坐在枕旁朗读《1963年度造船年鉴》来着（小屋里除此以外没别的书）。没读多少孩子们就很快呼呼睡了过去。“总排水量2365吨，总高37.63米……”读这等文章，一群大象都会听得乖乖入睡。

“喂，我的主人，”狗开口了，“去散散步好么？今晚月亮漂亮得很。”

“好啊，”我说。

我便是这样同会说话的狗一起生活。会说话的狗当然极其罕见。同会说话的狗生活之前，我同妻一块儿生活来着。去年春天广场上举办露天大集，在那里我用妻换了会说话的狗。至于交易中是我还是对方占了便宜，我不大清楚。尽管我爱妻爱得不亚于任何人，但毕竟会说话的狗世所罕见。

我和狗顺着河岸爬上徐缓的山坡，径直走进树林。时值7月，蝉鸣蛙鸣四下里此起彼伏。树梢间泻下的月光在小路上绘出斑驳的图形。我边走边回想过去的时光。

“喂，主人，想什么呢？”狗问。

“往事，”我回答，“年轻时的事。”

“忘掉好了！”狗以朗朗的声音说道，“想哪家子往事！徒然落得痛苦不堪。我可是弄不太明白。唯独自找痛苦的人才会更痛苦。听我说……”

“行了行了。”说罢，继续默默走路。狗是不该用那样的口气对它的养主说话的。看来我是把狗宠坏了。如此下去，明春大集要用狗换别的什么才是。妻或许找不回，但搞到会弹竖琴的羚羊还是有可能的。

"我不是那个意思，"狗辩解道，"你人太好了。"

"再走一小段就回去吧，"我说，"夜晚的树林挺可怕的。"

"那是的，夜晚的树林是让人怕。"说完，狗沉思片刻。"夜晚树林里有很多事发生，譬如镜中的火烧云……"

"镜中的火烧云？"我吃了一惊，反问道。

"有这样的事，古代传说中。母狗吓唬小狗崽时的惯用手法。"

"唔。"

"怎么样，在这歇口气好么？"

"好好，"我弓身坐在树桩上，点燃烟，"镜中火烧云的事，讲得详细点儿可好？"

"若是你肯答应明春大集不把我带去的话。我也这把年纪了，可不愿意关在笼子里给人围观。"

"答应你，"我说。

狗点点头，把前爪沾的泥在树干上蹭掉，然后缓缓地说了

起来。

“这一带的狗没有不知道的——这片广阔的树林里有座水晶形成的圆圆的小湖，表面滑溜溜的，简直像一面镜子，而且总有火烧云映在上面。无论早上中午还是晚上，总有火烧云。”

“为什么会这样呢？”

“这个嘛，”狗耸耸肩，“水晶吸纳时间的方式肯定很奇妙，就像莫名其妙的深海鱼似的。”

“那怕有些危险吧？”

“是啊，看到的人全都不由自主地想进去，毕竟那火烧云实在是太漂亮了。而一旦进去，就只能永远在火烧云里往来彷徨了。”

“像是不坏嘛！”

“知道你要这么说，”说着，狗闭起一只眼睛，“可是实行起来，大多事情都不如想的那么快活有趣，尤其是在再也无法返回的情况下。”

“我是喜欢火烧云的哟！”

“我也喜欢的。”

我默默吸了一会儿烟。“噢，对了，你莫不是实际看过那……那镜中的火烧云什么的？”

“没有，”狗摇摇头，“没有看过。只是从父母那儿听说的。父母又是从父母口中听来的。所以我不是说了么，古代传说罢了。”

“没有哪条狗看见喽？”

“看见的统统给火烧云拉进去了。”

“好像能够理解。”

“人也好狗也好，想的东西差不许多。”狗说，“好了，该回去了。”

我们沿着来时的路默默往回走。海一般的大片凤尾草在夜风中摇曳着叶片，花香在皎洁的月华中飘移，小溪的潺潺声时近时远，夜鸟以金属磨擦般的声音鸣叫不已。

“累了？”狗问。

“不要紧，”我说，“心里舒服极了。”

“那就好啊。”

“对了，”我说，“刚才的话全是无中生有吧？”

森永ミルクキヤラメル

“算了吧，我何苦……”

“别有顾虑，照实说好了！”我逼上一步。

“听出来了，到底？”

“那还用说。”

狗难为情似的笑着搔头：“可故事蛮有意思吧？”

“倒也是，”我说。

“忘掉好了，忘掉春天的大集——您已经答应了我。”

“知道。”

“无论如何也不想进笼子给人围观。”狗说。

接下去的一段路我们再未作声，默然走回小屋。总之这个夜晚月亮漂亮得出奇。

舞厅纪事

奥蒂斯·法加逊 著
村上春树 译

对于摇摆(Swing)爵士乐迷来说,“萨沃伊舞厅①”大约是无须说明的;而对于不是迷的人,又很难传达这一名称所具有的准确韵味。“萨沃伊”——爵士乐与民众那极其短暂的蜜月、20世纪30年代最辉煌的舞厅。在广播录音唱片和视频磁盘的开头,想必不少人都听到过这样的声音:“女士们先生们，这里是萨沃伊舞厅……”

借用作者奥蒂斯·法加逊的话，那便是Swing it，man（大伙儿摇摆起来）。

——村上

地点是住宅区，而且是那条里诺克斯街。星期六晚上九点到星期日早上八点，只管在那里跳好了。取个名叫早餐舞(breakfast dance)，总之就是Swing。平日夜里，不，即便星期六夜晚也不总是这样。两支乐队在两三点钟即曲终人散，但今晚不然。每月有几个特别夜晚（special night），只管跳到早餐时间。四支乐队一齐上阵，只要你们在跳便管弦齐鸣——以早餐时间为限，时间再长就不晓得了。

虽说如此，却也不是什么不地道的店。一切中规中矩。既非廉价酒吧，也不是地下赌场。地地道道的舞厅。花七十五美分进门，爬上宽大的楼梯。老板也好客人也好，全都文质彬彬，尽可放心。喝的东西在桌席头上拥挤的吧台预订。啤酒十美分，

---

① Savoy Ballroom，位于纽约哈莱姆区，开业于1926年，鼎盛于三四十年代，是美国摇摆乐舞的中心，1958年舞厅结束营业。

瓶斟的加利福尼亚葡萄酒二十五美分。客人中也有整瓶带进烈性酒的。这伙人总之就是要泡卫生间，一醉方休。好在卫生间两个挨在一起，不用担心。

十二点。你可以顺利入场。下雨。仍有空座,老板神情不悦。客人本应比“女士招待之夜”还多得多，却因为下雨而如意算盘落空。

舞厅大约长七十五码宽二十五码。天花板较低，照明若明若暗。曲与曲之间的几秒钟或换乐队的时间里，大家便七嘴八舌,什么“简直不像话”啦,什么“女孩怎么样”啦,“住嘴住嘴”等等。而乐队一开始演奏，店员和客人便浑融一体，击鼓一般打着拍子，欢天喜地的节奏如大潮时起时伏。

想一下子把什么都一览无余是根本不可能的。有乐队那伙人，有喝什么的客人。有人一只手拿啤酒趴在桌面上睡了过去，有人起劲儿地表演浪漫曲这种极其个人化的闹剧。也有的乐手已经完事，或者大声喧哗，或者以近乎恶作剧的举止冲着现成饭食狼吞虎咽。“畜生！”一个一屁股重重坐下来，那架势活像带屋顶的床的男子出言不逊。这个被人称为“丘”的人乃是我们美国第一代吹奏次中音萨克斯管的艺术家之一。

“畜生，根本就没有肉！这个混蛋，发的什么乱七八糟的东西！”丘边说边在菜肴里戳来戳去。现在舞池里再也容不下客人进去踏脚转身弓腰了。景象十分了得。跳吧，尽情地跳！谁都大吼大叫，谁都大汗淋漓，谁都龙腾虎跃，管它明天怎么样！

怎么说好呢——气氛很难诉诸语言。什么都一览无余固然不大可能，但可以同时感受得到——情形恰如蓄势待发的能量一下子迸发出来，正在此刻熊熊燃烧。其热点不管怎么说都在奏乐台上。台所用的木料虽然粗糙，却结实无比。灯光和音乐便在那里交相辉映。低音鼓置于地面，弦乐架用榫头固定好，大钢琴疲惫的键盘就像破旧的楼梯。

可以上去两支乐队的奏乐台长约六十英尺，宽则不宽，背靠里面的墙壁。虽然灯光几乎全部集中于此，但还是暗幽幽的。背后墙壁的颜色由于蓝色射灯的作用，看上去总像横着一缕薄云。乐队居高临下，顾盼自雄，简直就像货车雄赳赳地亮出一堆钢铁和蒸汽。

无论舞池还是桌旁都挤满了人，怕有几百人之多吧。满员

POST CARD

的夜晚甚至有一千五六百之众。墙角站着一排舞女，收费是三支曲二十五美分。在嵌入天花板的玫瑰色灯光下，一切都热血沸腾。

不过，心脏部位毕竟是奏乐台。乐手们站成两排“通通”地顿足，撕肝裂肺一般拼命吹响乐器。大号卷边孔的闪光如月华一般倾泻在舞者头上，而将这种一发不可遏止的能量陡然抑勒住的自然是准确把握舞点的节奏切分。吉他、钢琴、低音提琴、鼓——特迪·希尔乐队开始演奏作为其拿手好戏的最后合唱《克里斯托弗·哥伦布》。铜管乐器朝上举起，簧管乐器勾勒出旋律的五线。不出所料，舞者们竟忘了跳舞，聚集在奏乐台周围，争相以自己的身体打起节拍。仰头向上，旋律如河水一样在头上流淌。舞蹈彻底征服了所有的人。什么华尔兹，见鬼去吧！地板抖动不止，舞厅成了发电室。灰蒙蒙的空气上下震颤。快，扭吧！跳吧！疯吧！不，还是说寻欢作乐好了！这种音乐不是用耳朵听的，是用身体感受的。

如此气氛倒也不是唯独特定的乐手们才制造得出，它已经渗入到舞厅每一个角落。这舞厅确有这么一种氛围，可以说如影随形。奏乐台吮吸了各种伟大的音乐：弗莱彻·亨德森的大乐队，富于幻想的小号手路易斯·阿姆斯特朗（“背包嘴[①]”大师），埃林顿公爵，木印乐队领班卡布·凯洛威（他出道也是在这里），麦克尼兹·克顿皮加士，巧克力俏公子——此外还有谁来着？再试举一支你喜欢的乐队名称，老板夸口道，若是能找出没来过这里的乐队就算你有本事，就连保罗·惠特曼都演出过。的确，这家酒吧的空气里有什么。客人方面也想接受那个什么。酿造气氛的惟此无他。所以，如果有哪支乐队想有凝聚力，想团结一致，就来这里好了。

不过，这里的气氛也不尽是一点火就“咔嚓”一声震得窗户直响那类气势汹汹的东西。它同时也有相当细腻的一面，机敏灵活，关怀入微，也不会为老生常谈的艺术反战、反法西斯艺术家战线争论得唾液四溅。音乐家们只是演奏，只是同女孩子玩耍，只是对着“维克多”[②]电台和舞会灌制乐曲，照例细

① Satchmo，英语“satchel Mouth”（意为“背包嘴”）的缩写，阿姆斯特朗因长了一张背包嘴而获此绰号。
② victor，意为胜利者，此处指以此为商标的录音或音响器材。

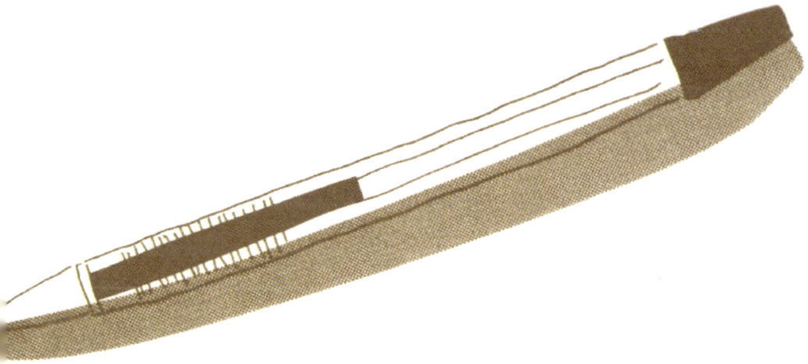

THE PIPE
SAFETY MATCH

声细语而又不无自豪地互相商谈。看上去他们中的几个人（几个最优秀者）也像在自己给自己打气，以便顽强地保持个性，不让它损毁。这点很容易看出。音乐那难以捕捉的美妙使他们有别于他人。在他们身上寻找伦巴多、杜琴、巴里以及莱士曼那类艺人的身影是徒劳的。比如，就算他们兼有那种装腔作势的表演手腕和寡廉鲜耻的胆量，其间也是有一条界线的。如果有一个头脑冲动的次中音萨克斯手吹得强劲有力，声声动人，那只是意味着他以自己的血肉之躯充当乐器而将其激情和哀伤如实表达出来罢了。偏离这一原则的东西、离开永不停息的真正创造性河流（即使巴赫也不例外）的东西，尤其是缺少爵士乐特有的旋转感的东西——无论显得多么堂而皇之多么技艺娴熟多么受客人欢迎，也统统是冒牌货。失去创造性便是冒牌。"吹次中音萨克斯的几个小子，"丘边从台上下来边说，"在模仿科尔曼·霍金斯之类的人。可光模仿是不行的嘛，没有灵魂！懂吧？有的家伙就是不懂。没有灵魂，只是往里吐唾味罢了。一塌糊涂，不像话！我么，只是想吹出漂亮的声音——只要乐器允许——别的不去想。这也是我的自豪。但那伙人么……弄不明白。"

如此嘟囔完毕，丘羞赧似的沉默了一阵子。“畜生，那个混蛋！”他说，“恶心！只要今晚能吃上肉，我就再……”

不过算了，这种事怎么都无所谓。谁也不知道准确时间，不知道现在是三点、四点还是五点。伏在桌上睡过去的客人多了起来，在舞池跳舞的人少了下去。尽管如此，酒吧里那扑鼻而来的热乎乎的空气依然一成不变，在昏暗的灯光下挥洒的体能也无变化。结束今晚演奏的特迪·希尔乐队的乐手们欣赏了一会儿其他乐队的演奏，三三五五地消失了。此刻摇撼舞厅的是令人感到亲切的切克维布乐队。坐在高高架起的椅子上的那个矮小的驼背男子敲打一组蒙着极其优雅的白色鼓面的鼓，向乐队传递惊天动地的节奏，向仍在摇摆起舞的舞池输送舞点。

啊，这里是哈莱姆。走下楼梯出门一看，天已经亮了，淡淡的晨光告诉我这里是哈莱姆。贫民区。人影寥寥。几个人刚从舞厅出来，正要去吃早饭。其余的是未能进门的人。

“喂，哥们，你不吸烟？”未得进门的一个人朝我走来说道，脚步神气得像是在说他高兴起来整条街都能买下。“就分给我一支嘛！”他连火柴都没带。“里面情况如何？”他问，“挤得根本进不去吧？”

“倒也是——，不过还是进得去的吧？”

“太挤了，听说。你不也没进去？”

“啊，是够意思。但坐是可以坐的。”

“是吗？以为很挤来着……其实嘛，”他满不在乎地把烟据为己有，“没剩下一枚十美分硬币？剩下的话，哥们，可就能喝啤酒啦。一塌糊涂，原以为满员进不去了呢！明白？”原来如此，意思我听出来了。打招呼是虚晃一枪，藏在话后头的是羡慕与贫穷的自尊。这酒吧不是他这阶层的人能轻松出入的。从我手里讨得十美分后，他向离去的我挥挥手，挥得甚是优雅：“下次再来找我。这一带就跟我家院子似的，提起我的名字没有你办不成的事。找好女孩也包在我身上。记住了。”

清晨尘土迷蒙的大街上到处扔着纸屑和报纸，沙沙作响。他像是要用廉价裤子那磨开边的裤脚从中分出一条路似的，以轻快的步子走开，消失在一条小巷里。那里全是脏兮兮的寒伧的房屋、空店铺、简易宿舍。我有些糊涂起来：那早餐舞(breakfast dance）到底算什么呢？从哪里来又消失在哪里了呢？映入眼帘的是破衣烂衫般的哈莱姆街道，是被吸干一切的美国黑人贫民区。站在空空荡荡的街头，切克维布乐队的鼓声只能听到一点点。尽管如此，爵士乐那强烈的节拍仍在我心里引起了某种完全不同的感触——它始终在音乐中，而眼睛一直看不见。是的，是它使布鲁斯得以成立。“今早我们一起身，就拿皮鞋去当铺”——里诺克斯街上有的就是这种昏天黑地的喧闹。灯光闪烁其辉，人们吵吵嚷嚷。完全如此。但这只是硬币的单面。产生那种音乐的，是这哈莱姆大街小巷的人们的心。此刻我站在这地面上感觉出了这点，感觉出了高倍音和低倍音，感觉出了其尽情的喧闹和深重的悲伤。

1936 年 2 月 12 日《新共和》杂志

卷尾对谈：画家与作家的HAPPY END ①

安西水丸／村上春树

最初的工作

村上 我总是谈跟画无关的事情。

安西 嗯，是啊。

村上 以前在杂志上倒谈过一次，但不尽兴，是吧？

安西 是的。

村上 和你合作，好像开始得很

早。最初是在文化出版局的《TODAY》杂志上。

安西 记得。就是为这本书里的《镜中的火烧云》。

村上 有狗出场的那篇东西。那是……

安西 最初的工作。

村上 那以前见过一次，去喝酒来着。

安西 去你的店，千驮谷的。

村上 之后我求你设计书的封面，是吧？那以前干过什么来着？

安西 那以前嘛……杂志插图什么的，说不定有过。

村上 《打工新闻》（连载《村上朝日堂》[②]）是在那以后？

安西 嗯，那以后。那以前有本书，第一本——《去中国的小船》。

村上 当时，提起书的封面设计，最高档次的是和田诚和山藤章二吧？我刚刚出道，怎么说呢，觉得人家门槛高，不好

---

① 意为“幸福结局”。
② 村上春树的散文集。下文中《去中国的小船》、《萤火虫》是村上的短篇小说集。

PICASSO

LUCKY STRIKE

相求。所以，长篇死皮赖脸求了佐佐木MAKI 。

安西 看了那个装帧，老实说，我还以为是谁呢。有点眼熟，但想不起来。作为佐佐木MAKI，我想她画的也是跟平时的有点不一样。我觉得那样反倒好。

村上 一般来说，不大会想到跑去找MAKI搞封面的。毕竟是专搞绘画和连环画的。

安西 求MAKI搞装帧，真是够有你的。

村上 需要勇气（笑）。

安西 是那么一种感觉。

村上 总之是强求。结果不错，合我的意，大家也认为蛮可以。但，短篇小说集这玩艺儿同长篇小说完全两码事，所以想请完全不同的另外一个人来做，就请了你。说起你的画，那时候还在画《中产阶级之友》（岚山光三郎著）……

安西 漫画似的。

村上 是有那样的印象。不过觉得十分新鲜，就求了你……结果求对了。

安西 当时生怕自己弄糟了，就试着把线条从画上拿走——

有点像剪纸似的。

村上 对对，剪纸，贴画。那以前你没有这么大量搞过吧？

安西 没有，几乎没有画过。所以我猜想恐怕有不少人认为那装帧不是我弄的。

村上 是啊，一下子看不出是你画的。

长篇小说的画与短篇小说的画

安西 你写的东西，尤其短篇什么的，我觉得不宜用画面给人以强烈印象。比如，人啦脸啦恐怕尽可能不画为好。就是说要尽量不表现自己而实际上又表现出来，这样似乎再好不过。最后编辑打电话来，告诉我村上很满意，这才舒了口气，真的。

村上 我的书么，很多人都说不好搞插图。

安西 单纯画画倒也容易，问题是有的地方叫人觉得不该草草了事。

村上 请人画封面的时候，我是怀有一种期待，期待最后处理时让线条多少有些错位。一开始就明白结果很难，很难明确交待用什么什么样的线条。求你的时候，也说过希望多少错位些吧？

安西　怎么说好呢，总之就是把平时自己的画中自认为最具表现力的线条去掉。这方面多少可以感觉出对佐佐木 MAKI 的顾虑（笑）。当然，色调和剪裁方式之类我还是按自己的情感去安排的。给人看出不是属于一般领域的东西来，很让我欣慰。

村上　你悟性不错。对方追求什么，怎么样处理合适，你的捕捉能力和感受绝对出色，所以能叫人放心。

安西　在广告代理店接受过职业培训，这东西自然了然于心。

村上　够难为你的（笑）。

安西　不过我觉得对方的心情这东西，还是能体会得出的。所以每当你提些什么，我就知道是那么一种感觉。再往里加进我自己的什么，就常能弄出满意的东西。《萤火虫》你说想用文字处理，那时候我也想那么干来着。

村上　我的要求是够啰嗦的。这次也提过光写字就行。

安西　一提要求，有人觉得受束缚不舒服，但对于你好像

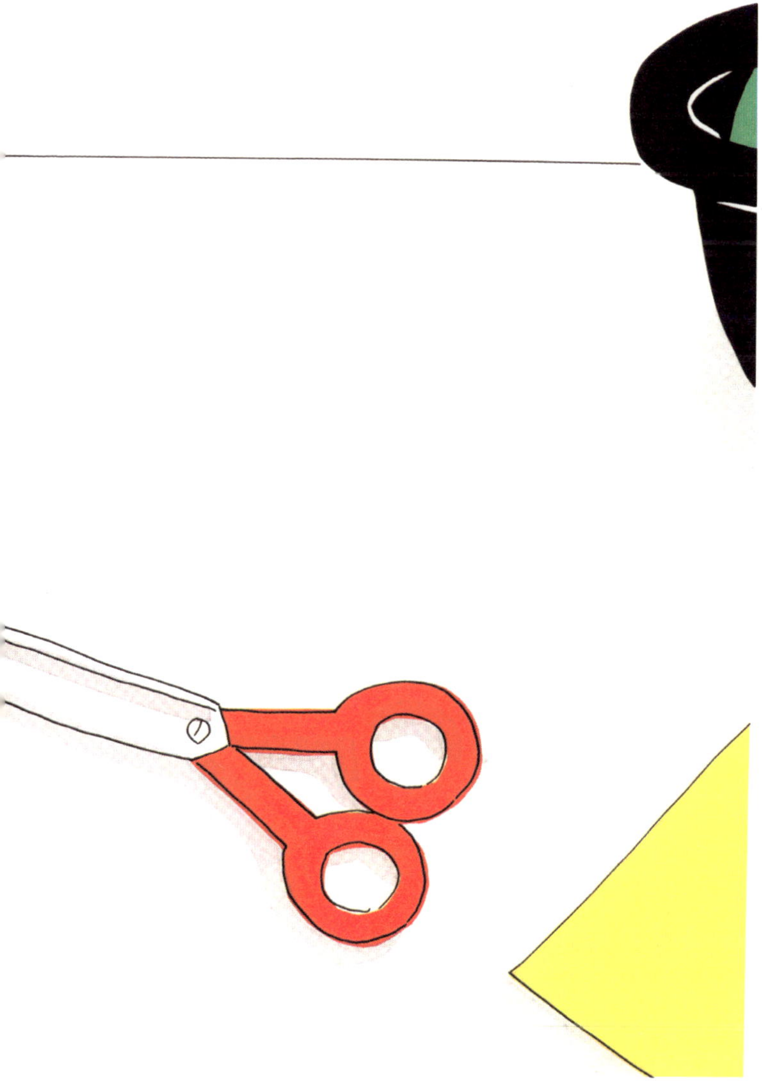

没那种情况。一开始三言两语说完，过后你就不再说三道四。可能是合得来的缘故吧，往下画起来十分得心应手。

村上 MAKI的画和你的画，有形成对比的地方，或者说有意识上的差别。MAKI的画——怎么说呢——是限定空间的画，你的画却是“拉长”空间的。长篇求MAKI，短篇求你，虽说不是分工，但很难反过来。长篇那玩艺儿，写起来要投入一年左右精力。写完后，还有类似精力余波那样的东西，就把它拿到MAKI那里去。她好像也有精力，能正面接受。你情况不同——写出几个短的拿去相求，你说声“知道了”就能鼓捣出来。出来后才看出有许多东西都收在里边了。所以，细小的东西大多求你。你的画有一种包容性。书的封面，就要有这样的感觉。

文字与茶杯

村上 《萤火虫》那本书，一开始希望光用文字处理来着，可感觉上就像是新潮社战后不久出的书……（笑）。

安西 是的是的（笑）。

Miller

村上 我比较中意带点怀旧味道的。昭和 30 年代[①]常有那样的书吧?

安西 单行本大部分是。

村上 比如深泽七郎的《楢山节考》。

安西 还有铃木信太郎的书的装帧。

村上 都蛮有情调的。

安西 嗯。那次嘛,新潮社打来电话,道出书名。我在桌子上几笔写了下来——“萤火虫”。本来就觉得这本书光写字就行了,于是贴了起来。后来交稿期临近,又写了好几种,但都没超过一开始那几笔草草写下的。结果,交上去的就是听电话时写的那个。从工作上或许不该这么说(笑)。

村上 买卖像是不错嘛(笑)。

安西 可我确实是写过不少!写的几十张当中,那张是最好的。

村上 可是真的(笑)?不过,时间越长,那个封面越好。

---

① 1955 — 1964 年。

对袖珍本正合适，那个封面。开本变小，就会产生和普通单行本不同的味道，成为十分了得的封面。

安西 你说光写字就成的时候，我想不妨一试，尽管我的字挺滑稽的。

村上 字不错嘛，我是喜欢的……此外还干了什么来着？《村上朝日堂》吧？十足日本味的。

安西 唔，那个茶杯，我特中意茶杯和茶壶的形状。尤其茶杯，无论从哪个角度看形状都无可挑剔。有一种日本式的美。

村上 那张茶杯画，我是拿到了。

安西 对《村上朝日堂》，我觉得适合画个茶杯，所以才画的。像老字号日式糕点铺老板的东西……

村上 也有人说光凭那个书名那个画，看不出是什么书（笑）。

安西 会想是什么书呢（笑）……

村上 《去中国的小船》、《萤火虫》……

安西 《村上朝日堂》，还有……

村上 还有《卷土重来》。

安西　《卷土重来》从一开始就想用《印第安那·琼斯》来着。

村上　是吗。从书名叫《村上朝日堂的卷土重来》时我就觉得非它莫属。即所谓斯皮尔伯格路线。

安西　那个嘛，编辑说鞭子里面放书名进去显得乱，叫我把鞭子换成枪——当时很伤脑筋来着（笑）。

村上　是伤脑筋。不是鞭子就一点意思也没了（笑）。

安西　活活成了西部片（笑）。

村上　可那个画我也喜欢，准备向你讨原稿挂起来。

隔扇画[1]事件、猫的反击

村上　说起原稿，有的吧，隔扇画事件？

安西　隔扇画事件（笑）。

村上　呃——，我盖房子做了个和式房间，挂轴和隔扇画

① 画在日本式房间的纸拉门（隔扇）上的画。

求您帮忙，雪白雪白的隔扇准备妥当。我说请开工吧，你叫我把水装进水桶，连同报纸一起拿来，说报纸垫在下面可以避免弄脏榻榻米，水桶用来洗笔。又让我把门关上让你一个人待一会儿。我说好的。过了半小时也没动静，我有些放心不下，开门一看，原来你在看报纸呢，看铺在下面的旧报纸（笑），什么也没做。这就是隔扇画事件的全貌（笑）。

安西　啊，跟你说，本来画隔扇画在我是头一遭。那以前你跟我说起，我是一口应承下来的，可实际画起来是不允许失败的。心想这可糟了。当然不妨一试的心情倒也不是没有（笑）。反正一开始总得敷衍一下，就问纸是什么纸，结果你就把纸送了过来（笑）。

村上　是是，送了样品纸（笑）。

安西　压力就更大了（笑）。这么着，就在家里大致往纸上“刷”地画了画，发现笔的走势相当不坏，好纸啊。

村上　肯定好纸。为隔扇画特意挑选的。

安西　笔感好，是好纸。跑去一看，和式房间又正正规规的。不料开画时霹雳闪电，下起了雹子，很有戏剧性，也算是天公作美（笑）。在那种状态下画画我很不好意思，给人看就更不成了，是吧？好在你心领神会，拿来了报纸，让我一个人待着。可是画得太快了也不妙，就看了会儿报纸。上面正好有中日 DRAGONS 棒球队三连胜的报道（笑）……报纸是从什么地方讨来的吧？

村上 是的。

安西　上面有日期，一找，出来一连串报道。正看得出神，不巧给你瞧见了（笑）。

村上　起初你说要像夕鹤[①]那样拔羽毛来画，不许人看，否则就画不出来了。开门一看，果不其然，光看报，什么也没干。而往下仅用五分钟就全部画完了出来。五分钟就画完，实在厉害，毕竟有四面隔扇呢。不知是艺高胆大，还是偷工减料（笑）。

安西　啊，是精神高度集中……（笑）好在看报使心情镇静下来了（笑）。

村上　真是那样（笑）？

安西　只是没怎么花时间……

村上　五分钟（笑）。

安西　汗水倒是出了十多公斤，哗哗的。

村上　我没看见，没看见汗水。

安西　藏起来了嘛。

---

① 日本民间故事，一只鹤（夕鹤）为报救命之恩，化为美女，用自己的羽毛为恩人织锦，但不许恩人窥看。后被恩人看到，夕鹤遂以原形飞去。

村上 要是让我看见，我还会有别的说法的（笑）。

安西 那才叫痛快淋漓。

村上 后来有猫的反击。你不喜欢猫狗吧？

安西 为了监视我的行动，你把暹罗猫……

村上 猫放了（笑）。

安西 《猫放了》（笑）。上次叫你名字的时候，那语声自己都不好意思，跟怪叫差不多。

村上 以为黑熊扑来了呢，原来是猫撒欢儿（笑）。

安西 不过，隔扇画可是很不错的哟。平时没怎么想画，可一画起来还真痛快。

村上 挂轴画的是苹果和香蕉。其实是太阳和月亮，可我一说是苹果和香蕉，人家也都信了（笑）。

安西 那是在上班的地方画的，也还是画了好几张，在里边挑来挑去，挑出一张最好的来。

村上 真的不错。前些天两人一起去温泉住了一晚上，那房间里的挂轴和那幅画的线条十分相像。原来是一个有名的画家在八十几岁上开悟了，好容易达到这个境界（笑）。线条和那个完全一样。要是四十几岁就开悟不成了（笑）。

安西　那是个圆儿，光是个太阳。不过，浓浓的墨，画得非常成功。

村上　过去，文艺复兴时期一个有名的画家给王公贵族叫去，就大笔一挥画个圆儿回来了。据说那个圆儿完美得很。

安西　正圆。

村上　唔，你也是那个境界。

安西　只能画圆儿嘛（笑）。

村上　安西水丸的丸可不是一般的丸①。

《象厂喜剧》

村上　《象厂喜剧》里，画和文了不相干。

安西　有人劝我出一本画册什么的，但我对自己的“画集”总有些提不起兴致，想和谁一起干，就给你打电话，你也答应

---

① 日语中“丸”的意思为“圆”。

下来了。

村上　我么，也有人问我出不出随笔集，但我不好意思。一来我认为小说是自己本行，二来怕和很多作家的随笔集一样成了所谓“珠玉随笔”。我可不愿意那样。不过，若是和谁搭档倒未尝不可（笑）。

安西　这我非常理解。我也觉得自己是个搞插图的，“画集”两个字眼叫我脸上发烧。这本书基本上是另一回事。

村上　两三篇是新写的，《卡德萨克酒广告词》和《A DAY IN THE LIFE》。啊，这个也是新写的：《我的名字叫阿切尔》。有几篇稿子没定下在哪里发表，就塞了进去。

安西　卡德萨克的画是我自己随便画的。

村上　真的？

安西　想画卡德萨克来着，巧合。

村上　啊，原来这样。

安西　当时书名你考虑了两个候补：《象厂喜剧》和《象厂的圣诞快乐》。记得我说《圣诞快乐》仅限于12月，还是《喜剧》合适。

村上 是的是的。再说又在《战场的圣诞快乐》之后。

安西 把“象”字换成“战”字，就成《战场的圣诞快乐》[1]了么（笑）。不过，这里边，没有一幅是读了你的文稿才画的。

村上 意外巧合啊，这是。

安西 不可思议。

村上 这么看来，真是一本不可思议的书。

安西 恐怕很少有这样的书。

（昭和61年[2] 9月）

① 日语中“工厂”写作“工场”。
② 1986年。

图书在版编目（CIP）数据

象厂喜剧／（日）村上春树著；（日）安西水丸画；林少华译.
—上海：上海译文出版社，2013.10（2018.9重印）
ISBN 978-7-5327-6324-5
Ⅰ.①象… Ⅱ.①村…②安…③林… Ⅲ.①小小说－小说集
－日本－现代 Ⅳ.①I313.45
中国版本图书馆CIP数据核字（2013）第161137号

图字：09-2000-479号

象厂喜剧
〔日〕村上春树 著 〔日〕安西水丸 画 林少华 译
责任编辑／沈维藩 装帧设计／张志全工作室

上海译文出版社有限公司出版、发行
网址：www.yiwen.com.cn
200001 上海福建中路193号 www.ewen.co
浙江新华数码印务有限公司印制

开本 890×1240 1/32 印张4.5 字数17,000
2013年10月第1版 2018年9月第2次印刷
印数 8,001-11,000 册

ISBN 978-7-5327-6324-5／I·3782
定价：35.00元